악몽을

먹는

아이

악몽을 먹는 아이

The Nightmare Devourer

민님

악몽을 먹는 아이

The Nightmare Devourer

Copyrights © 2022 by minnim

Published in the United States by BRIOblue

Brioblue Pictures, LLC
www.brioblue.com

Print ISBN: 978-0-578-37084-2
Ebook ISBN: 978-0-578-37085-9

1st edition, February 2022

For my parents

차례

악몽을 먹는 아이

첫 번째 악몽

나비야 나비야

지겨웠다.

늙은 병자의 다리를 주무르며 보내는 일과가 지겨웠다. 하루에 열
댓 번이면 그나마 양호한 날. 이른 오전인데 벌써 네 번째이다. 퀴퀴한
병실에서 나가려면 여덟 시간이나 남았는데.

"살살⋯⋯."

종민은 손에 힘을 약간 풀었다.

"더 살살⋯⋯."

지극히 까다로운 병자. 바짝 야윈 다리는 힘만 주면 뚝 하고 부러질 것만 같았다. 싸구려 나무젓가락처럼.

'인생 말년이 요 모양 요 꼴이라도 죽고 나면 이 늙은이의 업적만 회자되겠지. 위대하니 어쩌니 하면서.'

종민은 고개를 절레절레 흔들었다. 열 발가락을 덮고 있는 거친 털과 지저분한 발톱에. 병자 일생의 끄트머리 무렵이 함축되어 있는 듯했다.

"내 아들이 아니야⋯⋯."

'또 시작이군.'

종민은 애써 모른 척했다. 자살한 아들의 이야기는 귀에서 피비린내가 나도록 들었다.

"거진 삼십 년을 눈뜬장님으로 살고 있다고⋯⋯!"

과거형이 아니라 현재 진행형이다. 참으로 안타깝지 않은가.

'그렇지! 식전부터 모놀로그 한 줄 쭉 뽑고!'

7년 간병인 경력 중 최고 난이도이다.

종민은 티브이(TV)를 켰다. 눈살을 자동적으로 찌푸리게 만드는 소리를 잠재워야 했기에. 리모트 버튼을 눌러 휙휙 채널을 넘겼다. 뉴스 채널이 나오자. 종민은 얼른 소리를 높였다(뉴스와 자연 다큐멘터리만 시청하는 병자의 취향을 고려했다).

오늘 새벽 수천 마리의 뱀눈 나비 떼가 전라남도 봉골산에
위치한 선정암에 또다시 나타났습니다. 지난 2월 이후 두 번
째입니다. 뱀눈 나비 떼는 그전과 같이 암자 주변을 약 40분
가량 배회하다 일순 사라졌다고 합니다. 선정암 측은 이 초
자연적인 현상을 길조의 의미로 해석하고 있습니다만……

목격자인 땅딸막한 노승의 증언과 함께. 휴대폰으로 촬영된 영상
이 화면이 나왔다.

"퇴절경절부절촉각……."

티브이 화면을 빤히 쳐다보던 늙은 병자는 혼잣말로 주절댔다.

고려 시대에도 비슷한 사건이 있었다는 기록이 남아 있습니
다. 어느 날 한 무리의 나비가 떼를 지어 무봉산에 날아왔다
가 홀연히 자취를 감춘 신비한 일이 있었다고 하는데……

시대를 거스르는 '나비의 전설.' 급하게 섭외한 역사학자만으론 모
자란 건지. 나비 전문가까지 출연해 뱀눈 나비의 특성과 특징에 관한
장황한 설명을 이어갔다.

검은 날개.

파도처럼 그려진 물결무늬.

뱀의 눈을 닮은 둥근 점…….

영상 자료 속 뱀눈 나비의 생김새가 그랬다. 덩더꿍.

"나비야아아아아아……!!!"

장단을 맞추기라도 한 듯. 늙은 병자는 꽥꽥거렸다. 종민은 아무렇지도 않게 귀를 막았다. 일상이었다.

"머리복부배면퇴절경절부절촉각중실시맥미상돌기……."

늙은 병자는 쉼 없이 웅얼댔다. 멀건 시선을 나비에 철썩 붙인 채로.

'당연하지. 그냥 지나치면 섭섭하……'

생각의 마침표도 채 찍히기 전이었다. 종민의 시야가 가파르게 좁아졌다.

'왜 이러지?'

정신을 풀어헤치고 내달리는 기분이랄까. 아슬아슬한 기운에 포위당하는 그림이 머릿속에 삐뚤삐뚤 그려졌다. 심장이 건포도처럼 오그라드는 것만 같았다. 터널 비전 현상의 전조 증상이었다.

종민은 줄줄 흘러내리는 마른 땀을 연신 손바닥으로 닦았다. 지독한 통증이 빠르게 엄습했다. 눈처럼 새하얗게 변한 평온한 풍경의 세상과는 다르게. 가슴이 갈가리 찢기는 것만 같았다.

"헉. 헉. 헉. 헉……."

종민은 벅찬 숨소리를 들으며 검은 나락으로 끝없이 떨어졌다.

기다렸다.

간호사가 호명하기만을 초조하게 기다렸다. 이복희. 구영훈. 정호준. 백명진……. 생소한 이름 석 자가 불릴 때마다. 움찔움찔 경련이 일 지경이었다.

'여섯 사람이나 들어갔는데.'

순번을 매기는 종민의 역삼각형 얼굴은 착잡하다 못해. 부르르 떨리고 있었다. 달달거리는 왼쪽 다리와 박자까지 척척 맞아떨어지는. 합주 연주가 볼 만했다(누가 봐도 불안증으로 병원을 찾았다).

"김 종민님!"

드디어. 이름이 불렸다. 종민은 자리에서 벌떡 일어섰다.

진료실로 들어가자. 담담한 표정의 의사와 눈길이 맞닿았다.

"마늘쫑, 어서 와라."

환자를 맞이하는 의사의 태도가 매우 불량했다.

닥터 황보 현준. 퉁명스러운 말투는 그렇다 치고. 종민의 케케묵은 별명까지 막 불러 대는. 종민의 주치의이자 불알친구이다(어릴 때부터 같이 놀던 사이인데 남녀가 무슨 상관인가. '그것'도 봤다고 주장하는 마당에).

'환자에 대한 예의라곤 눈곱만큼도 없다니까! 그래도 담당 환자인데!'

종민은 울컥 솟는 불만을 꾹꾹 씹어 삼켰다.

"아무 데나 앉아."

현준은 회전의자를 좌우로 조금씩 돌렸다. 삐거덕삐거덕. 모락모락 피어나는 소리를 덮고 싶은 것인지. 오른손 집게손가락으로 책상을 리드미컬하게 두드렸다.

'끝이 둥글게 정리된 손톱의 길이를 보아하니…… 한 이틀 전쯤에 깎았겠고.'

덩달아 종민의 눈과 뇌도. 다망하게 움직였다. 입을 꾹 다물고 부동자세로 앉아 있는. 그의 겉모습과는 정반대였다.

'깔끔한 흰 가운 안으로 구김살이 언뜻 보이는 연노랑색 셔츠라……. 붉은색이 살짝 가미된 보랏빛 스카프로 교묘히 시선을 분산시켰군. 요즘 소개팅 어플에 빠져 있는 것 같더니만……. 데이트하느라 바빠서 다림질 따위는 프리 패스인 모양이지?'

종민의 내적 수다가 판을 벌였다.

'다이아몬드형 꼭짓점 부분에 새겨진 작은 삼각형과 평행선을 그리는 가는 빗금들로 구성된 디자인…….'

특히나. 현준이 두른 스카프에 종민의 주의가 모아졌다. 정확히는 스카프에 프린트된 기하학적 무늬였다.

'네가 코딱지 만한 삼각형이랑, 잘 보이지도 않는 빗금 개수나 세고 앉아 있는 거. 내가 모를 거 같냐?'

왼손으로 비스듬히 턱을 괸 현준은 눈을 느리게 깜박였다. 들리지도 않는 종민의 잔말을. 속속들이 경청하고 있다는 낯빛으로. 그렇게 잠시 말 없는 눈씨름이 지나가자. 현준은 톡톡 거리던 손가락을 멈추었다. 종민 뒤로 환자가 셋이나 더 있기에. 늑장을 피울 처지가 아니었다.

ACUTE INSOMNIA(급성 불면증)

차트를 흘끔 확인한 현준은 꼿꼿이 세운 상체를 앞으로 쭉 내밀었다. 오이처럼 길고 살이 없는 얼굴과 작고 축 처진 눈꼬리 탓인지. 그녀의 쭈뼛거리는 가슴은 눈에 띄지도 않았다(두툼한 뽕 브라를 착용했음에도 불구하고).

'아무리 봐도 내 상판이 네님 것보단 예쁜데 말이야.'

종민의 쓸데없는 열등감도. 질세라 머리를 들이밀었다.

"왜 잠이 안 오는데?"

현준은 깍지 낀 양손을 책상 위에 척 올려놓으며 물었다. 부드럽고 상냥스러운 면이란 도무지 없었다. 종민은 평소 현준이 환자 상담을 어떻게 하는지 궁금할 지경이었다.

"넌 매일 잠 잘 오냐? 누우면 걍 꿈나라야? 좋겠다, 잠 잘 자서."

"그래서 담배는 끊었어?"

"쫌!"

종민은 버럭 역정을 냈다. 지금 '금연 치료' 따위는 중요한 사안이 아니었다.

"물론 가끔 잠이 안 오는 날이 있기는 하지."

"죽을 거 같아. 왜 수면 박탈 같은 고문이 생겼는지 알겠어. 나 같아도 줄줄 불 거야."

현준은 고개를 까딱까딱하며 계속하라. 는 신호를 보냈다.

"수면제 처방해 줘."

"야! 환자가 의사를 찾았으면 증세에 대해 상의를 해야 할 거 아냐? 니가 알아서 진단하고 처방할 거면 나한테 왜 왔어?"

현준은 콧구멍을 벌름거렸다.

"먹은 것도 없는데 급체에 걸리기도 하냐?"

"더 상세히."

"뉴스 보다가 체했어."

"내용은."

"나비."

"나비?"

"그래, 나비"

"뉴스에 나온 나비를 보다가 왜 체했을까요?"

"암튼 그 뒤로 매일 밤 꿈에 나와."

"꿈? 뭐가 나오는데?"

"나비!"

"나비라……."

현준은 대수롭지 않은 표정을 지으면 입술을 비죽댔다.

"검색해 봤더니 나비 떼가 나오는 꿈은 집안에 경사스러운 일이 생길 징조라는데……."

"당신의 불행 끝에 찾아올지도 모를 기쁨과 행복에 관한 이야기에는 관심이 없어요. 혹시 요즘 돌보고 있는 환자 때문이야? 어떤 영향을 받았다던지?"

현준의 눈빛이 민감하게 번뜩였다.

"무슨. 맨날 헛소리만 질러대는데."

"아, 그래?"

"아들이 지 아들이 아니었다는 둥. 가면놀이에 놀아났다는 둥. 제대로 이상해."

'치매는 아니라고 들었는데. 소문대로 흥미로운 환자네.'

현준은 서로 엇갈리게 맞추어 잡은 손가락을. 귀뚜라미 발바닥처럼 비벼댔다.

"나 좀 살려 줘. 가슴이 두근거려. 심장이 터질 것만 같아."

"최신곡 가사처럼 들린다. 너 연애하냐?"

"나비만 보면 속이 울렁거리고 미치겠다고……."

"무슨 나비? 호랑나비? 배추흰나비? 미안하다. 그쪽이 내 분야가 아니라서."

"황보 현준, 부탁한다. 응?"

황보 현준. 종민이 현준의 이름 앞에 '황보'까지 넣어 부르는 일은. 어쩌다 한 번씩 있는 일이었다. 술 먹고 찔러대는 장난이 아닌 이상. 자못 심각하다는 의미였다.

'빨간불.'

그랬다. 적신호랄까.

"……."

현준의 손가락이 또다시 움직였다. 찜찜했다. 그 숨길 수 없는 찜찜함이 얼굴에 열꽃처럼 얼룩덜룩 피어나고 있었다.

톡. 톡. 톡. 톡.

'젠장!'

손가락으로 가볍게 책상을 두드렸을 뿐인데. 어쩐 일인지. 종민의 귀에는 북소리처럼 크게 들려왔다.

"현준아! 제발……!"

종민의 다급한 외침에. 현준은 오이 같이 기다란 얼굴을 똥짤막한 손바닥에 파묻었다.

"딱 2주 치야. 더 이상은 안 돼."

minnim

@min+nim

minnim

두 번째 악몽

수상한 구두 계약

숨이 턱턱 막혔다.

일절 예정에도 없던 산행이었다. 하늘에서 부서져 내리는 햇살에 눈이 부시고. 생을 마감한 누런 낙엽의 파도에 발목이 간질간질했다. 바스락바스락. 발걸음을 옮길 때마다 뱀이 지나가는 듯한 기척에 깜짝 깜짝 놀라기까지 했다.

도대체 이곳은 어디인가. 대충 짐작하건대. 인근 야산임이 틀림없었다. 그렇다면 50미터도 안 되는 나지막한 산일 터. 그럼에도 불구하고 숨이 턱턱 막혔다.

　종민은 쉬고 싶었다. 담배나 태우면 딱 좋겠다. 는 생각에 재킷 주머니에 손을 넣었다. 없었다. 안주머니, 바깥 주머니, 앞 주머니, 뒷주머니……. 주머니란 주머니는 모조리 뒤져보았다. 아무리 뒤져도 없었다. 후끈 갈증만 목구멍을 타고 넘어왔다.

　[휘휘 휘휘휘 휘휘……]

　새 울음소리가 들렸다. 듣자마자. 휘파람새 소리라는 걸 단박 알아차렸다. 일주일에 한두 번씩 뜯는 닭 외에는. 새에 관해 거의 문외한인데 말이다. 신기했다. 낭랑한 울음소리 덕분인지. 종민은 기분이 나아졌다. 조금이나마. 엉긴 답답함이 쓱쓱 쓸려 내렸다. 그런 종민의 속사정을 읽은 것인지. 휘파람새의 맑고 고운 소리가 도처에서 쨍쨍 울려 퍼졌다. 흔히 광고에서 접하는 서라운드 시스템이 이런 것인가. 하는 생각이 들 정도로 이제까지 경험한 그 어떤 음향 효과보다 뛰어났다.

　눈을 감은 종민은 두 팔을 벌리고. 자리에서 빙글빙글 원을 그리며 돌았다. 영화 속 주인공이라도 된 듯이.

　'혹시 누가 보는 거 아니야?'

　피웅 날아온 자의식에. 양팔을 앞으로 모으고 슬며시 눈을 떴다.

　'엥?'

　종민은 고개를 이쪽저쪽 분주히 돌렸다.

'어떻게 된 거야?'

청명한 하늘도. 하얀 구름도. 비쩍 마른나무들의 행렬도 감쪽같이 사라져 있었다. 잘 못 본 줄 알았는데. 더 이상 발을 붙이고 서 있는 장소가 '이웃 동네 야산'이 아니었다.

'이게 뭐야?'

착각인 줄 알았는데. 낯선 방안에 우두커니 서 있는 것이었다. 주인 없는 빈 방은 생소하다 못해. 불편한 분위기를 흠씬 자아내었다. 그도 그럴 것이. 실내는 가구 하나 없이 휑했고 사면이 벽으로 막혀 있었다. 창문도 방문도 없었다. 다만. 다양한 크기의 액자들이 온 벽면을 장식하고 있었는데.

'나비?'

각양각색의 나비 표본을 걸어 놓은 것으로 보아. 방 주인이 나비 수집가인 듯했다. 종민은 가까이 다가가 보았다. 개중 가장 큰 놈으로 골랐다.

'이렇게 큰 나비도 있구나!'

나비는 성인 남자의 양 손바닥을 나란히 맞댄 크기 보다도 컸다.

검회색 날개.

파도를 그려놓은 듯한 파상문.

띄엄띄엄 찍힌 둥근 점……

27

'몇 개야, 대체?'

둥근 점은 앞날개 좌우에 하나씩. 뒷날개 좌우에 둘씩으로 총 여섯 개였다.

'점 잔치를 벌였나.'

아마존 밀림 지역에 서식하는 희귀종이라도 잡아 온 것인지. 크기도 모양도 예사롭지 않았다.

'흐익!'

종민은 자리에서 펄쩍 뛰었다. 나비 관찰 중 날개 끝부분이 떨리는 것을 목격했기 때문이었다. 미세한 떨림이었지만. 분명히 움직였다. 종민은 눈을 바싹 들이대고 나비를 유심히 살펴보았다.

꿈틀거리는 더듬이와 다리.

눈알 모양의 육 점무늬.

오묘한 빛이 감도는 수많은 육각형 홑눈…….

'살아 있어!'

날개에 박힌 여섯 개 점이 소용돌이치듯이 회전했다. 파르르 전율하던. 나비의 꼬리 끝이 안으로 돌돌 말려들어 갔다.

종민은 이마를 긁적였다. 왠지 깜짝 장난감 상자를 마주하는 듯했다. 속이 훤히 들여다 보이는 유리 상자. 빙고! 언제 뭐가 툭 튀어나올지 모르는 잭 인 더 박스(Jack-in-the-box)! 초급한 속삭임이 그의 말초 신경을 긁어 대기가 무섭게. 나비의 말린 꼬리가 확 펴졌다.

'내가 뭘 보고 있는 거지?'

종민은 귀가 윙윙 울리고 머리가 지끈 아파오는 것을 느꼈다. 착시 현상 치고는 모든 게. 너무나 극사실적이었다. 나비의 세찬 날갯짓이 시작되었다. 더딘 듯 빠르게.

'에이, 설마……?'

어떤 일이 일어날 가능성을 지속적으로 부정하는 것이. 설마 설마라더니. 역시나.

액자 유리에 조각조각 금이 갔다. 탄력을 받은 것인지. 나비는 더욱 거세게 날개를 쳤다. 마치. '프리즌 브레이크'의 나비판이라도 보는 것 같았다. 쩍쩍 금이 간 유리가 깨져 나가고. 나비는 파편을 흩뿌리며 훨훨 날아오르다가.

'싫어!'

날개를 팽팽히 편 상태로 글라이딩을 했다.

'오지 마!'

필사적으로 발악했지만. 피할 수가 없었다. 그렇다. 쥐구멍조차 없는 방에서 나비가 노리는 것은 단 하나. 종민이었다.

망했다.

"으아아아악!!!"

종민은 이불을 걷어차며 괴성을 질러댔다. 그만. 잠에서 깨어나 버리고 말았다.

쿵쾅쿵쾅 심장 박동 소리가 고막을 때렸다. 땀으로 샤워를 한 듯 온몸은 흥건히 젖어 있었다. 숨도 제대로 쉴 수가 없었다. 가시지 않은 약 기운 때문이었을까. 정신은 몽롱, 속은 메슥메슥, 목은 바싹바싹 타들어갔다. 시간을 확인하니. 잠든 지 두 시간도 채 지나지 않아 있었다. '7시간 숙면'을 보장하던. 수면제의 약발은 바닥으로 추락했다. 망해도 완전 망했다.

"푸르르르르르……."

종민은 탈곡기라도 돌리듯. 입술을 털었다. 왜 이런 꿈을 꾸는 건지 알 수가 없었다. 꿈이란. 뇌에서 무작위로 자동 재생되는 기억 속 정보라고 했다. 현준의 주장에 의하면 말이다.

'육 점박이…….'

환한 달처럼 떠오른 나비의 생김생김에.

'나비에 관심도 없고, 벌레류는 딱 질색이라고!'

넌더리를 쳤다.

종민은 침대에서 비틀비틀 일어났다. 얼마나 땀을 흘린 것인지. 젖은 걸레처럼 등에 찰싹 달아 붙어 있는 티셔츠를. 얼른 벗어 방구석에 처박았다.

'응?'

방문을 열고 나가려던 참이었다. 야릇한 낌새에. 종민은 문고리에서 손을 뗐다.

'노래?'

멜로디가 있는 것이 노랫소리 같았다.

'또 윗집이야?'

종민은 인상을 구겼다. 층간 소음이야 하루 이틀 겪는 일이 아니니 그렇다 치고. 자정을 넘긴 시간까지 들리는 잡소리에 짜증이 났다. 헬륨 가스를 퍼마셨는지. 기괴한 음성이었다. 어디서 들은 적이 있었다. 과거 인터넷 상에서 굴러다니던 '엽기송' 같기도 했다.

[토 ― 리 ― 가 ― 악 ― 몽 ― 을 ― 삼 ― 켜 ― 버 ― 려 ― 었 ― 따 ― 아 ―!]

느닷없이. 요청도 않은 힘찬 목소리가 빽 터져 나왔다. 시작과는 달리 굵고 걸걸했다.

종민은 화들짝 놀라. 소리 나는 쪽을 흘끔 쳐다보았다. 윗집이 아니었다.

"토리토리토리토리토리토리 악몽악몽악몽악몽악몽 토리토리악몽악몽 —."

종민은 침대에 걸터앉아 있는 어린아이를 발견했다. 아이는 기타 연주 흉내를 내며. 이상한 노래를 불러댔다. 천연덕스러운 것이. 어디서 많이 해 본 솜씨였다.

"너, 뭐야! 누구야! 여긴 어떻게 들어왔어?"

물귀신보다 질긴 게 사생팬이라더니. 이름 모를 아이돌 그룹이 같은 건물로 이사 왔을 것.이라고 여긴 종민은 이를 부드득 갈았다. 소란스럽고 번잡한 나날이 코앞에 닥친 건 기정사실 같았다.

"안녕. 난 토리라고 해."

토리는 노래를 멈추고 자기소개를 했다.

"만나서 반가워. 너의 악몽을 먹어 주려고 이렇게 왔어."

뾰족 내민 입술을 오물거리자. 오동통한 볼이 실룩실룩 움직였다.

"뭐…… 뭐라구?"

"안 들려? 악몽을 먹는다니까? 좋지?"

종민은 입안에 퍼지는 쓴맛을 억지로 목구멍으로 넘겼다.

"답 딱 나오네. 너 사생이지? 신고하기 전에 썩 꺼져! 난 애라고 봐주지 않아. 알겠어?"

"후회할 텐데. 토리토리악몽악몽……."

토리는 되레 배짱을 부렸다. 때늦은 '1일 1깡' 도전에 뛰어든 것인지. 기세 등등하기가 계백 장군 저리 가라였다.

'잠깐, 잠깐! 이것도 꿈인가? 아닌가?'

종민은 허벅지를 꼬집었다. 아팠다. 오른뺨도 찰싹찰싹 연거푸 때렸다. 여전히 아팠다.

"꿈 아닌데. 나는 나비가 맛있게 보여서 온 건데. 왜 싫어?"

나비. 종민은 '나비'란 대목에 귀가 번쩍 뜨였다.

"나비라니? 너, 내가 무슨 꿈을 꾸는지나 알고 떠드는 거야?"

"당연하지! 난 밍밍하고 맛없는 건 안 먹어."

토리는 뾰로통한 표정을 지으며. 양팔로 무릎을 안았다. 종민의 눈치를 살피는 토리의 해맑은 눈망울엔. 탐욕스러운 빛이 감돌았다.

'저런 꼬맹이가 하는 말을 어떻게 믿어?'

종민은 속으로 구시렁대었다. 그러나 이내. '밑져야 본전이지. 손해 볼 거 없잖아?' 하고 겹겹의 메아리가 머리통 안에서 쩌렁쩌렁 울렸다.

"정말이야?"

"물론이지! 내가 찌꺼기까지 싹싹 핥아 줄게! 대신 조건이 있지."

불행인지 다행인지. 사생팬은 아닌 듯했다.

'내 그럴 줄 알았어. 공짜 일리가 있나!'

종민은 훙훙 코를 들이키며 돼지 콧소리를 냈다.

"그게 뭔데?"

"내가 대식가이긴 한데 편식이 쬐끔 심하거든. 아구아구 먹다가도 입맛 버리는 게 혀끝에 걸리면 다 토해 버리지. 전에 먹었던 거까지 몽땅."

종민은 어이가 없었다. 꿈을 먹겠다고 한차례 설쳐대더니. 끝에 가서는 식성 타령이었다.

"어떤 맛을 싫어하는데?"

"쓰레기. 쓰레기 맛이 세상에서 젤 역겨워."

토리는 혓바닥을 쭉 내밀더니. 구역질하는 시늉을 했다. 종민은 "그럼 똥은 괜찮냐?" 하고 물어보려다 입을 닫았다.

'아니지. 니가 먹음 안 되지. 똥꿈은 귀한 꿈이니까!'

"쓰레기만 아니면 다 먹어치워 줄 수 있는 거야?'

토리는 방긋 웃으며 고개를 위아래로 크게 끄덕끄덕했다.

'벚나무와 개미. 흑멧돼지와 몽구스. 나와 꼬맹이!'

누이 좋고 매부 좋은 격의 공생 관계가 막 형성되었다. 고 생각하니 능글능글 눈웃음이 쳐졌다. 종민은 아랫입술을 빨며 군침을 꼴깍 삼키는 토리를 향해.

"그렇게 입맛만 다시지 말고 냉큼 와서 먹던지."

말이 떨어지자마자. 토리는 며칠을 굶은 것처럼 와락 달려들었다.

"야! 야! 조심조심!"

종민은 뜻밖의 역습이라도 당한 듯 호들갑을 떨었다. 그러나, 토리는 굴하지 않고 종민에게 필사적으로 매달렸다.

"짐승이냐? 이거 놔!"

그러거나 말거나, 토리는 엄살을 부려대는 종민의 귓구멍에 입술을 갖다 붙이더니, 이상한 말을 떠들어댔다. 도통 알아들을 수도 없는 말을 골똘히 조잘거렸다. 염불 소리 같기도 하고, 코란경 낭송 같기도 하고, 종민의 두 눈이 알아서 스르르 감겼다. 머리 한 구석이 시원해지는 것이 나쁘지 않았다. 쉼표 부재의 괴상한 주술에 정신마저 아득해졌다.

"끄어억! 끄어억!"

얼마 지나지 않아, 요란한 트림이 시큼한 냄새와 함께 올라왔다. 오장육부가 터뜨린 방귀가 입을 통해 싹 다 빠져나오는 느낌이었다. 묵은 체증이 뚫린 것인지, 혼미해졌던 의식도 차차 돌아왔다. 종민은 사라진 토리의 흔적을 찾아 두리번거리다.

"그새 먹고 튄 거냐?"

침대에 몸을 던졌다.

minnim

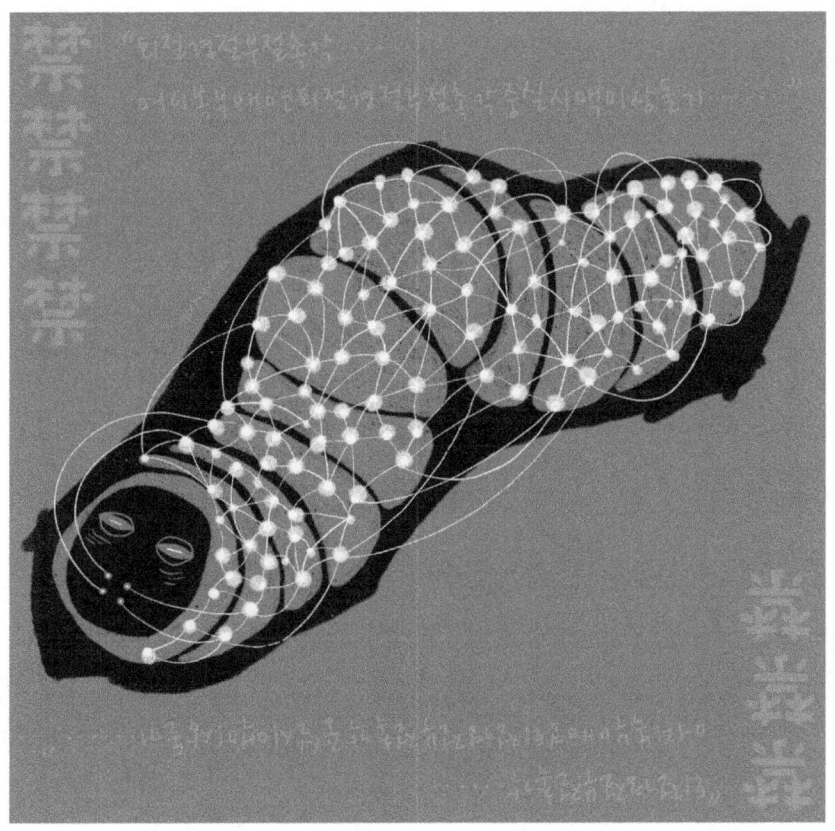

@min+nim

minnim

세 번째 악몽

구순 노인의 손아귀

효험이 있었다.

지난밤 이후. 나비 떼가 펄럭거리는 꿈을 꾸지 않았다. 두통과 가슴 떨림 증상도 거짓말처럼 사라졌다. 입찬말이라 여겼던 토리의 약속이 이행되자.

"꼬맹이. 신통한 녀석일세."

종민은 묘한 감정을 숨길 수가 없었다. 용한 점쟁이가 써 준. 부적 이 진한 효험을 발휘하고 있는 것만 같았다. 적어도 늙은 병자의 종말 을 생눈으로 직접 보기 전까지는. 그랬다.

허탈했다.

종민은 경련을 일으키는 늙은 병자를 발견하고. 서둘러 호출 버튼을 눌렀다. 막판 초읽기에 들어갔음을 직감했다.

뼈에 거죽만 붙은 듯한 병자의 팔다리. 퍼렇게 변한 손가락과 발가락. 이리저리 뒤틀리다 마디마디 괴이한 모양으로 굽었다. 절지동물의 다리처럼 꺾인 것이. 사람의 것 같지가 않았다. 지옥사자라도 본 것일까? 고함이라도 질러대듯. 목에는 핏대까지 불뚝 솟아올라 있었다. 한동안 지속되던 발작은. 컥 소리를 끝으로 멈추었다. 심전도 모니터에 굴곡 없는 그래프가 평행선을 그렸다. 병자의 마지막 숨이었다. 손 쓸 틈도 없이 싸늘하게 변한 병자의 육신을. 망연히 지켜보고만 있던 종민은 허탈했다. 병자가 죽어가는 순간을 본 것이 처음 있는 일도 아닌데. 온몸에 힘이 쭉 빠지는 것이 여느 때와는 달랐다.

병실 문이 벌컥 열리며. 의료진들이 들이닥쳤다. 시의적절했다. 생명 연장에 실패한 의료진을 힐책하기라도 하듯. 쩍 크게 벌어진 병자의 입. 부라린 두 눈은 당장 누구라도 한 대 갈길 것 같았다.

성명: 도 지용

사망 일시: 20**년 8월 1일 05시 54분

사망 장소: 의료기관

직접 사인: 심폐 정지

중간 사인: 심근경색

선행 사인: 급성 관동맥 폐쇄

사망의 종류: 병사

늙은 병자의 사망이 최종 확인되었다.

웃겼다.

오늘의 주요 뉴스입니다. '한국의 파브르'라고 불리는 국내 1세대 곤충학자이자 화인 바이오 창립자인 도 지용 박사가 오늘 2일 오후 별세했습니다. 그동안 지병을 앓아 온 고인은 자택에서 향년 91세로 생을 마감했습니다……

도 박사의 사망 소식을 알리는 뉴스가 중계되었다.

'오늘 오후? 자택? 좋아하네.'

종민은 잘 포장된 거짓을 사실인 것처럼 전달하는. 앵커를 향해 혀를 쯧쯧 찼다. 엠바고까지 걸어가며 사망 날짜와 장소를 날조하는. 그 숨은 저의를 이해할 수가 없었다. 참으로 웃겼다. 시진핑, 김정은 정도는 돼야 하지 않냐.고 되묻고 싶었다. 곧이어. 앵커 얼굴 위로 흑백 영상이 덮였다. 적어도 60년 전쯤에 촬영된 것으로 보이는 도 박사의 생전 모습으로. 곤충 채집에서 표본을 만드는 과정이 담긴 자료 화면이었다.

'젊었을 때는 봐 줄만 했었군.'

종민은 한쪽 눈썹을 찡긋 추켜올렸다.

카메라를 향해 다소 멋쩍은 미소를 지어 보이는 도 박사의 얼굴.

"정말 같은 사람 맞아?"

꽤 번듯한 용모에. 종민은 눈을 의심했다.

축 늘어진 입꼬리.

툭 불거진 광대뼈.

푹 파인 눈앞을 가린 우중충한 그림자.

핏기 없이 자글거리는 피부.

거무스름하게 착색된 치아.

종민이 기억하는 도 박사의 살아생전 모습이었다. 티브이 화면 속 지난날의 풍채와는 판이했다. 잇몸에 간당간당하게 붙어 있는 앞니를 환하게 드러내며 낄낄거리던. 웃는지 우는지. 구분도 어려운 해괴한 표정으로. 살아 있는 해골이 따로 없었다. 당장이라도.

'히히히히히히히히! 이히히히히히히!'

광기 어린 웃음소리가 들려오는 것만 같았다. 종민은 몸서리를 쳤다.

도 지용 박사.

한때 많은 사람들로부터 존경과 찬사를 받던 인물이었을지 모르나. 종민에게는 괴팍한 늙은이 었을 뿐이었다. 별난 생활 습관만 봐도. 범상치 않게 살아온 삶의 한 단면을 쉽게 상상할 수 있었다. 죽은 듯이 축 늘어져 있다가도. "박사님, 안녕히 주무셨습니까." 하는 아침 인사에 눈을 떴다. 그것도 한쪽 눈만. 일종의 신원 확인 절차였다.

'의심병 노인네.'

현준이 봤다면. '편집성 인격장애'의 전형적인 예라고 정의했을 것이다.

타인에 대한 불신과 의심은 비단 종민에게만 국한된 사정이 아니었다. 의사, 간호사는 물론. 수족 같은 수행 비서들도 믿지 못했다.

매일매일이 우울감을 상징하는 '흐리고 비'였으며. 분노조절을 어른스럽게 할 수 있는 능력 또한 '제로'였다. 뭐든 조금이라도 맘에 들지 않으면. 천둥 같은 괴성을 내지르거나. 핏발 가득 선 눈을 희번덕거리거나. 막무가내로 팔을 움켜잡는 것은 아주 예삿일이었다.

만에 하나. 종민이 잡힌 팔을 움칠거리기라도 하면 더욱 세게 우그려 잡았다. 뼈마디가 툭툭 튀어나온 손가락이라고 얕보았다가는. 시퍼런 멍자국만 새록새록 늘어갈 따름. 일반 구순 노인의 힘이 아니었다. 그런데도 주위에서는. '먼저 간 아들 때문'이라는 한심한 귀띔이나 해줄 뿐이었다.

'평생을 벌레들과 함께 했구만. 연구랍시고 몇 마리나 잡아 없앨런지.'

종민은 티브이를 껐다.

어느덧 해가 저문 하늘에는 짙은 어둠이 깔려 있었다. 여느 때 같으면. 곧 잠자리에 들어야 할 시간이었다.

'어차피 낼 아침 출근할 일도 없잖아.'

오랜만에 영화나 감상하기로 했다. 587일 만에 맞는 첫 해방 기념이기도 했다. 케이블 방송 영화 채널을 뒤적거리다 외화 하나를 골랐다. 전 유엔(UN) 직원인 주인공이 인류를 위협하는 좀비 전염병을 막기 위해 고군분투하는 내용이었다. 나온 지 꽤 세월이 지났음에도 불구하고. 종민은 본 적이 없는 영화였다.

'여친도 없는 노잼 라이프의 민낯이지.'

도 박사의 개인 간병을 맡은 이후. 흔적도 없이 증발한 사생활이었다. 병원 근처에 위치한. 월세 아파트에서 연일 휴일도 없이 출근을 해야 했다. 퇴근 후 집에서 쉬다가도. 연락을 받고 다시 병원으로 향하는 일은 비일비재했다.

종당. 동거 중이던 여자 친구가 짐을 싸서 나가더니 일방적으로 이별 통보를 해 왔다.

노잼. 헤어져.

달랑 다섯 글자로 함축된. 결별 문자였다. 구차한 이유나 부연 설명 따위는 첨부하지 않은. 담백한 메시지. 분명 깔끔한 끝마무리인데. 종민은 씁쓸한 뒷맛을 느꼈다. 멸치 똥을 씹은 것 같은.

'어쩌겠냐. 다 지난 일인데. 영화나 보자.'

잠시 후. 울적한 마음을 달래 줄 좀비들이 해일처럼 덮쳤다.

스산했다.

땅거미가 젖어드는 나무숲. 바람 한 점 일지 않았다. 온통 잿빛으로 칠해진 하늘, 나무, 숲……. 곰곰이 더듬어 보아도 가물가물한데. 눈엔 익은 풍경이었다. 왜일까? 그때 홀연히 날아든 나비 한 마리. 검은색에 가까운 빛깔로 생소한 외형을 가지고 있었다. 특히. 앞날개와 뒷날개에 있는 무늬가 특이했다. 뱀의 눈처럼 생긴 특이한 무늬.

팔랑팔랑. 팔랑팔랑.
빙글빙글. 빙글빙글.

단순한 날갯짓이 아니라. 패턴을 그리고 있었다. 어떤 신호 같기도 하고. 들리지 않는 선율을 타는 것 같기도 한 것이. 보기만 해도 스산했다. 예감이 맞았다. 나비 떼. 곧장 수천 마리의 나비 떼가 우르르 몰려왔다. 컴컴한 하늘을 검은 먹구름이 덮으면 얼추 비슷할까? 어둡던 하늘이 한층 더 어두워졌다. 그리고 보니. 젤 먼저 홀로 나타난 녀석이 대장인 듯했다. 나비 떼가 일사불란하게 움직이는 게. 틀림없었다.

'멍청히 서서 구경만 하지 말고 빨랑 도망쳐!'
퍽 꽂히는 꾸지람에. 종민은 어리둥절했다.

누구지? 심지어 좌우를 휘둘러 살펴보았다. 그사이. 지상에 내려앉은 나비 떼는 맨땅을 파헤치기 시작했다. 숨겨진 보물이라도 찾는 것처럼. 무척 열심이었다.

'얼른!'

거듭 다그치는 소리에. 종민은 눈을 내려 자신의 발을 찾았다. 도망치려면 발이 있어야 하니까.

'없어! 발이 없어!'

아무리 눈에 힘을 불끈 주고 찾아보아도. 발은 없었다. 징그러운 나비 떼만 우글거렸다.

찢겨 나가 너덜거리는 날개.

꺾인 더듬이.

부러진 다리.

날개가 접힌 채 굳어 버린 몸통.

누가 아군이고 적군인지. 구분도 가지 않았다. 죽든 말든. 나 몰라라 하는 것이 나비 사회의 미덕인 것인지. 알 수가 없었다. 종민은 답답해 미칠 것만 같았다. 언제까지 이 처참한 광경을 보고 있어야 하는 것인가. 눈만 달랑 달린 몸뚱이로 대관절 무엇을 할 수 있단 말인가.

'없어!'

이번엔 나비였다. 잠시 한눈을 파는 사이에 다 날아간 것인지. 조금 전까지도. 지면을 가득 메우고 있던 나비 떼가 감쪽같이 사라졌다. 유일한 신체 기관인 종민의 두 눈은 탐색의 길을 떠났다.

어둠 속에서 희끄무레한 것이 어른거렸다. 구르다 박힌 바윗덩어리거나. 몰래 매립한 쓰레기거나. 아니면 산짐승의 사체일지도 몰랐다.

'사람?'

그랬다. 다 틀렸다.

백발이 성성한 노인.

검버섯 가득한 주름진 얼굴.

종민은 숨을 죽였다. 실눈을 뜨고 보아도 단숨에 알아차릴 수 있었다. 별안간. 늙은이의 눈꺼풀 밑으로 안구가 후들거렸다. 비실비실한가 싶던 안구 운동이 급속히 빨라지더니. 네모꼴로 마구 흔들렸다. 눈을 번쩍 치뜨는 건 시간문제일 듯싶었다. 죽은 줄만 알았는데 부활이라도 한 것인지. 종민은 없는 발이라도 만들어 동동 구르고 싶은 심정이었다. 덜미를 잡히기 전에 달아나야 했으나. 발이 없는 것을 어쩌란 말인가! 아니나 다를까. 늙은이가 침방울을 뿜으며 비명을 내질렀다.

'저리 가! 당장 꺼지라고!'

minnim

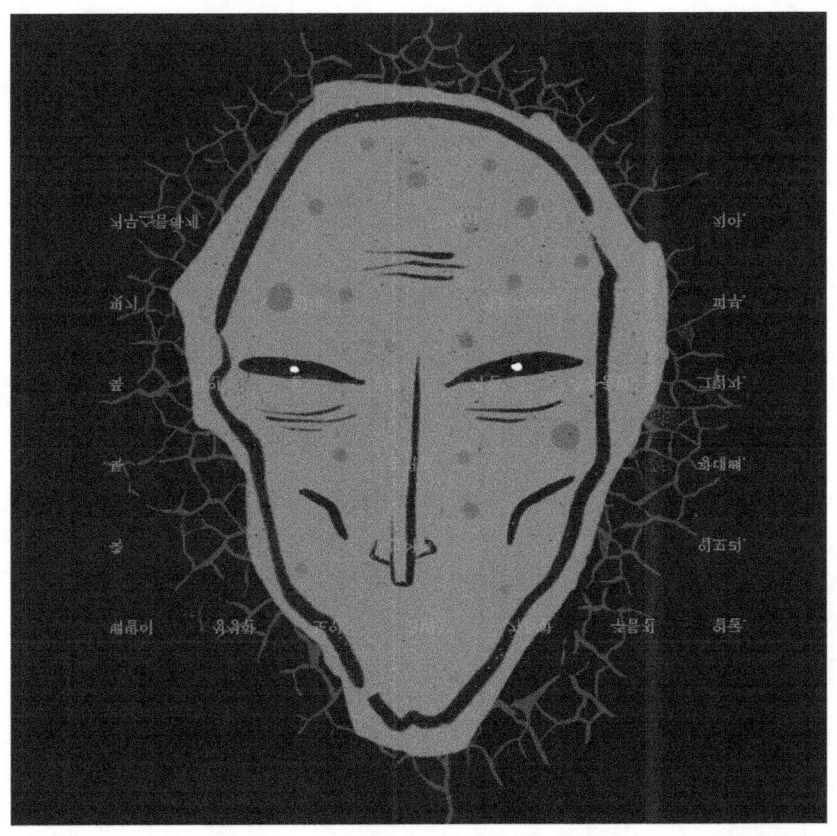

@min+nim

minnim

네 번째 악몽

가면 놀이

분했다.

"또 꿨어! 도 박사 그 늙은이까지!"

거의 한 달 만이었다. 더이상 꿈을 꾸지 않는다고 덩실거렸건만. 뒤통수를 맞아도 제대로 맞은 것 같았다.

'곧이곧대로 믿은 내가 등신이지!'

양 주먹이 자연적으로 움켜쥐어졌다. 약효는 대략 이쯤에서 끝난 것인가. 못내 분했다.

'순진한 얼굴로 사기 행각이나 벌이다니……!'

처방은 의사에게. 라는 문구가 이토록 와닿은 적이 없었다. 종민은 수면제를 입안에 던져 넣었다.

[토리가 악몽을 뱉어 버렸다 ―.]

그때였다. 익숙한 선율이 귓바퀴를 타고 흘러들었다. 까맣게 잊고 있었는데. 종민은 흠칫 목을 움츠렸다. 모퉁이에서 길게 자라나는 검은 그림자가 눈가에 걸렸다. 불룩 그림자 끝이 부풀더니.

"사기라고?"

조그마한 아이가 등장했다. 예상대로 토리였다.

"하이고, 너도 양반 타이틀 따긴 통 글렀구나!"

"인사치고는 살벌한데?"

"약속이 틀리잖아!"

"내가 했던 말을 그새 까먹은 거야?"

"까먹긴 뭘 까먹어? 내가 다람쥐냐?"

"쓰레기는 안 먹는다고 했잖아."

"쓰레기라니? 쓰레기가 어디에 나왔다고 그래? 다 니가 환장하는 나비였잖아!"

"쓰레기가 뭔지 모르는구나? 타락하고 부패해서 지금도 냄새가 나는데."

"무슨……"

"토 ─ 리 ─ 가 ─ 악 ─ 몽 ─ 을 ─ 뱉 ─ 어 ─ 버 ─ 려 ─ 었 ─ 다 ─ 아 ─!"

토리는 고래고래 악을 쓰며 노래를 불렀다. 귀청을 찢는 날카로운 소리에. 종민은 두 손가락을 귓구멍에 쑤셔 넣었다.

"토리토리토리토리 악몽악몽악몽악몽 ─."

소용 없었다. 노래는 성난 파랑처럼 위아래로 굽이쳤다.

"우웩! 우웩!"

돌연 토리는 열창을 멈추고 구역질 했다. 삼켰던 털뭉치를 게워 내는 고양이처럼.

'뭘 얼마나 처먹고 여기 와서 토악질이야?'

종민은 미간을 일그러트렸다. 언제 쏟아질지 모르는 토사물이건만. 손놓고 구경이나 해야 하는 상황에 기가 찼다.

"우웨엑!"

우렁차게 터지는 욕지기질과 동시에. 주먹만한 덩어리가 철퍽 바닥에 떨어졌다. 구슬 모양의 덩이는 바닥을 가로질러 떼구르르 구르다 멈췄다. 종민은 허리를 숙여 구슬을 잡아 올렸다. 반들반들한 표면은 작은 흠집 하나 없는 완벽한 모습이었다.

'이건 또 뭐야?'

종민은 구슬을 흔들어 보았다. 눈보라가 휘날리지 않는 것을 보아서. 스노 글로브(Snow Globe)는 아닌 듯 싶었다. 종민은 안경을 썼다. 구슬 안에서 어렴풋이 이는 작은 불꽃이 보였다.

'석등?'

본 그대로였다. 아주 작은 석등이 호젓한 구슬 속 세상을 밝히고 있었다.

툴툴거렸다.

"별스럽게 왠 와인바?"

문자 메시지를 확인하던 현준은 의아했다.

얼굴 마주칠 때마다. "돈 없어서 죽겠다." 하며 징징거리던 종민이 아니었던가.

"그 자식이랑 만나는데 이렇게까지 꾸미고 나가야 한단 말이야?"

현준은 씨씨 크림을 펴 바른 얼굴 위에 콤팩트 파우더를 대충 두드렸다.

"그렇다고 동네 곱창집 방문객 차림으로 나갈 수도 없고. 어휴!"

립스틱을 칠하다 말고 계속 툴툴거렸다.

현준은 헐떡거리며 테이블을 찾았다. 교통 체증으로 20분이나 늦은 탓이었다.

"늦어서 미안!"

"무슨 일이라도 있어?"

'얼씨구. 개 풀 뜯어먹는 멘트 좀 봐라…….'

뭐냐? 하고 물었어야 정답이었다. 현준은 장소를 와인바로 정한 것도 모자라. 살갑게 대하는 종민의 행동이 영 석연치 않았다.

"일은. 불금이라고 하나같이 밖으로 기어나온 인간들 때문이지. 아우, 더워!"

현준은 앞에 놓인 와인을 한 모금 마셨다. 떠름시큼한 맛이 혀를 자극했다.

'나파 벨리산이고 뭐고, 난 소주다.'

현준은 물로 입가심을 했다.

"통 연락도 없다 어쩐 일이야? 조용한 거 보니 이젠 수면제 필요 없냐?"

"요즘은 잠 잘 자."

"잠자리인지 뭔지 하는 꿈도 더이상 안 꾸고?"

"전혀."

종민은 고개를 살랑살랑 내저었다.

'어허······. 지적질의 대마왕이 퍽이나 수월하게 넘어가는구나. 말꼬리 잡고 박박 우기는 게 주특기인 자식이!'

종민의 새로운 면모에 흠칫한 현준은 눈을 높이 치켜떴다.

"드디어 끊은 거야?"

현준은 다짜고짜 사이드 킥을 날려 보았다. 그러자 종민은 어깨를 한 번 으쓱해 보였다.

'뭐야? 담배를 끊었다고? 네가?'

현준은 하마터면 캭 뿜을 뻔한 물을 간신히 삼켰다. 기적 같은 니코틴 중독의 극복 사례라니. 장장 5년에 걸친 치료가 '헛짓'이 되고 만 찰라였다. 현준은 튀어나오는 잔기침에 손으로 가슴을 쳐댔다. 예상을 깨고 속출한 이변에. 찝찔한 뒷맛을 숨길 수가 없었다. 입에 힘이 저절로 들어갔다. 그나마 립스틱으로 살려 낸 얄팍한 입술을 쏙 사라지게 만들어 버렸다.

"뜨겁다 못해 펄펄 끓고 있나 봐?"

"뭐가?"

"너의 불타는 핑크빛 라이프."

"아아······. 뭐 똑같아."

"어부바님도 잘 계시고?"

몰아치는 현준의 질문에. 종민은 숨쉬기가 거북했다. 속히 문답을 끊어야 했다.

"그러엄. 현준아, 자 잠깐 화장실."

"그래."

현준은 복도 끝으로 사라지는 종민을 넌지시 바라보았다.

'핑크빛 라이프? 어부바?'

현준은 잔에 든 와인을 벌컥벌컥 들이켰다. 어부바는 종민의 옛 여자친구 수아의 별칭이었다. 현준의 학교 후배이기도 한 그녀. 술에 취해 인사불성이 되어 버린 종민을 집까지 업고 간 이후. 그들 사이에서 '어부바'로 불렸다.

"게다가 '현준아'라니! 개소름!"

현준은 탄식했다. 종민은 절대 현준의 이름을 부르지 않았기에. '야!' 또는 '이 자식아!'가 통례였다. 이따금 '황보 현준'이라고 부르짖는 순간만 뺀다면 말이다.

'어디서 구라를 쳐대? 내가 널 알고 지낸 세월이 몇 년인데!'

현준을 눈을 가늘게 오므렸다.

종민은 비워진 현준의 잔에 와인을 따랐다. 벌써 네 잔째였다.

"요즘 와인에 꽂혔나 봐?"

눈길을 모아 종민의 눈을 똑바로 바라보던 현준이 입을 열었다.

"그렇다긴 보담……. 별로야? 여기 소믈리에가 추천한 건데."

"하긴 세상은 넓고 마실 술은 많은데, 이 술 저 술 다 맛보다 죽어야지. 안 그래?"

현준은 잠시도 종민에게서 눈을 떼지 않았다. 무심한 듯한 어투와는 상반된. 날이 선 시선이었다. 그녀의 작고 동그란 눈알은. "난 이루어야 할 목적이 있어. 그래서 널 지켜보고 있는 거야. 넌 아직 그게 뭔지 모르겠지만." 하고 소곤거리는 것만 같았다. 종민은 눈 한번 깜빡이지 않는 현준의 눈초리에. 심리적인 압박을 느꼈다.

어색한 침묵이 흘렀다. 그러나 현준은 옅은 미소만 띄운 채. 뚫어져라 쳐다보기만 할 뿐. 말을 아꼈다.

'시작.'

현준의 두 눈이 반짝거렸다. 굳게 봉해진 줄만 알았는데.

"따라서 죽기 전에 해야 할 이야기가 있거든……."

현준의 입이 갑작스럽게 트였다.

종민은 오물거리는 현준의 입술에 눈과 귀를 기울였다. 무척 부드럽고 차분한 말소리였다. 평상시 그녀의 말씨와는 현격한 차이가 있었다(괴리감이라고 정의하겠다).

"……세상은 넓고 술은 많고, 그래서 술 중에 와인을 골랐고. 이렇게 와인을 마시다 죽는 건 어떨런지, 죽음은 바로 무를 의미하니까, 그러면 지금까지 애쓴 것들이 무로 되어 버리고,

……그렇게 무에서 유가 창조되고, 와인이 생겨나고, 와인을 마시고, 마시다 죽고, 그래서 죽기 전에 해야 할 이야기가 있고……"

현준을 집게손가락으로 테이블 위를 가볍게 두드렸다. 경쾌한 느낌의 4분의 4박자. 종민은 고개를 약간 갸우뚱했다.

"……그렇게 되면 더 이상 비밀이 아니니까, 그리고 비밀 이야기가 아닌 이상 털어놓아야 하니까, 나에게 털어놓아야 하니까, 앞에 앉아 있는 나에게 털어놓아야 하니까, 그러므로 내가 요구하는 것은 무엇이든 해야 하니까, 나를 두려워 하니까, 아니면 반칙이니까……"

현준은 이해할 수 없는 말을 쉬지도 않고. 주르륵 늘어놓았다. 종민은 갈수록 시각과 청각이 둔감해지는 것을 느꼈다.

"……세상은 반칙 투성이고, 그래서 반칙도 새로운 규칙이 되고, 그러면 비밀도 밝혀야 되고, 고로 나에게 말해야 하고, 와인을 마시기 전에 말해야 하고, 따라서 눈꺼풀은 점점 내려오고, 손과 발도 점차 무거워 지고, 왜냐하면 나에게 말해야 하니까, 와인을 마시기 전에 말해야 하니까……"

차츰 느려지던 현준의 목소리가. 사그라들 것처럼 작아졌다. 종민은 보이지 않는 무게를 실감할 수 있었다. 실제로. 팔다리에 무거운 돌덩이를 올려놓은 것만 같았다. 그러던 어느 순간. 현준은 손가락을 '딱!' 하고 튕겼다.

"너, 누구야? 말 해!"

"가면…… 놀이……"

종민의 굽혀진 목이 곧장 아래로 푹 떨어졌다. 복날 비틀린 닭 목처럼.

'가면놀이? 전에도 종종 출현했던 키워드 중 하나인데. 뭔 일이 벌어지고 있는 거냐?'

현준의 작고 예리한 눈이 주의깊게 종민의 모습을 훑었다.

"난 지금 너에게 최면을 건 거야. 대화최면이라고 들어 봤는지 모르겠어."

종민은 고개를 가로 저었다.

"넌 심 종민이 아니야. 맞으면 오른손 엄지손가락을 들어서 나에게 보여 줘."

종민은 순순히 엄지손가락을 세워 보였다. 마치 승리를 뽐내기라도 하듯. 의기양양했다. 꼭. 종민의 가면을 **빼앗아** 뒤집어 쓰고 있는 것처럼. 현준의 안색이 파리하다 못해. 풀빛으로 변했다. 일그러진 오이로 완벽하게 둔갑했다.

minnim

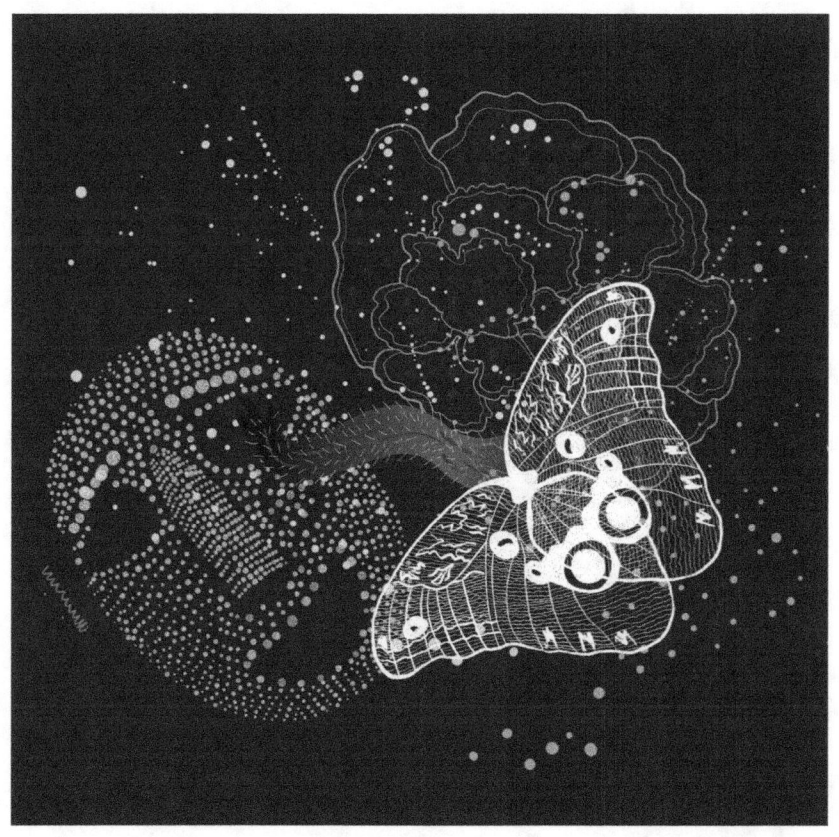

@min+nim

minnim

다섯 번째 악몽

악몽의 맛

깜깜했다.

종민은 눈을 뜨긴 떴으나. 아무 것도 볼 수 가 없었다. 마치 눈알을 먹물에 담근 것만 같이 깜깜했다.

'말마따나 심청이 아부지처럼 되버린 건 아닐테지.'

안 그래도 학창 시절. 심 봉사가 '심 씨'인 것이 굉장히 불만이었다(하 필이면 그 많고 많은 성 중에 말이다). 종민은 손바닥으로 눈알이 터져 라 비벼댔다. 희미하게 까물거리는 불빛이 나타났다. 흐려졌다 밝아졌 다. 메롱. 약이라도 올리듯 얄밉게 너울거렸다.

'엥? 석등?'

전에도 본 적이 있는. 돌로 네모지게 만든 등. 단풍나무 옆에 오도카니 세워져 있었다. 종민은 주변을 휭 둘러보았다.

정원수.

장독대.

우물.

전통 한옥집…….

'빌어처먹을. 왜 또 여길 온 거야…….'

[토리토리 악몽악몽 토리토리 악몽악몽……]

일순. 서늘한 입김이 뺨을 스치고 지나가자. 종민은 질겁했다. 어느새 얼굴색이 허옇게 질린 것으로 보아. '혼비백산'이라는 표현에 더 근접할 것 같았다. 정원수 그림자가 바람에 일렁였다. 멀리서 토리의 기이한 음성이 또 한 번 들리다 사라졌다.

"어디서 장난질이야!"

종민은 입술을 앙다물었다. "잡히면 죽었어!" 하는 굳센 의지가 퍼렇게 묻어났다. 그는 서둘러 소가 나는 방향으로 발걸음을 옮겼다.

커다란 향나무 앞을 지나자. 북촌 한옥마을에나 있을 법한 전통 가옥이 그 모습을 드러냈다. 어슬렁거리는 똥개 한 마리 구경할 수 없었음에도. 종민은 보란듯이 성큼성큼 걸어갔다. 한 걸음 한 걸음 옮길 때마다. 꺼져 있던 등불도 하나씩 하나씩 켜지기 시작했다. 누군가 방방마다 다니며 전등 스위치를 누르는 것처럼.

"그래, 술래잡기는 밤에 하는 게 정석이지."

제례라도 지내려던 참인지. 분합문이 활짝 열려 있었다. 너른 대청마루가 보였다. 종민은 툇마루를 지나 대청마루 위로 올라갔다. 그러자 마루 끝에 매달린 사방 등이 흔들거렸다. 담대무쌍한 척도 아주 잠시.

'지랄, 간 떨어지는 줄 알았네!'

널찍한 회벽을 기웃거리는 자신의 그림자를 발견하고 자지러졌다.

[삐거덕. 삐거덕.]

구석진 어둠 속에서. 삐걱거리는 소리가 들려왔다. 곧이어 낡은 마룻바닥을 퉁퉁 울려대는 발소리가 이쪽저쪽에서 치솟았다.

[찌지직!]

난데없이 종민의 왼쪽 안경 렌즈에. 거미집 모양으로 금이 가기 시작했다.

"악!"

비명이 저도 모르게 터져 나왔다.

종민은 급히 안경을 벗어 상태를 확인했다. 깨지기 직전의 살얼음판을 보는 듯했다. 회오리처럼 주위를 감싸는 쌀쌀한 냉기가 느껴졌다. 아니나다를까. 입에서 입김이 연기처럼 뿌옇게 뿜어져 나왔다.

[쿵! 쿵! 쿵! 쿵!]

뒤에서 단단히 벼르기라도 했던 것인지. 마루를 울려대는 발소리가 지나갔다. 순식간이었다. 그는 냉큼 안경을 코 위에 얹고. 소리가 나는 방향으로 시선을 던졌다.

[쾅! 쾅! 쾅! 쾅! 쾅! 쾅!]

이번에는 분합문이었다. 어찌 된 셈인지. 걸쇠에 걸려 있던 여섯 개의 분합문이 차례로 닫혀 버렸다. 당황한 종민은 후닥닥 달려갔다. 문을 열어 보려고 안간힘을 썼지만. 꿈쩍도 하지 않았다. 꽉 맞물린 상어 이빨 같았다. 반대편 분합문도 확인했지만. 마찬가지였다.

'제기랄! 갇혔어!'

종민은 재빨리 전후좌우를 확인했다. 대청마루를 사이에 두고 마주하는 방문이 보였다.

'둘 중 한 놈.'

곧바로. 창살을 통해 불빛이 새어 나왔다.

'바로 네 놈!'

종민은 문 앞으로 다가갔다. 한지가 두텁게 발라진 여섯 폭의 팔각 불발기문. 거북등 문양의 팔각 창살 뒤로 그림자의 손가락이 언뜻 비쳤다.

'성가신 꼬맹이!'

종민은 확신했다. 타오르는 촛불 앞에 쪼그리고 앉은. 토리가 그림자 놀이를 하고 있다고.

"흠! 으흠!"

종민은 마른기침을 두어 번 토해 내더니.

"토 ― 리 ― 가 ― 악 ― 몽 ― 을 ― 삼 ― 커 ― 버 ― 려 ― 었 ― 따 ― 아 ―."

기억나는대로. '토리송'의 한 소절을 불러 재꼈다. 음정도 박자도 오락가락. 엉망이었다.

"들어간다! 들었어? 들어간다구!"

종민은 양손으로 국화 모양의 철물로 만들어진 손잡이를 잡고. 앞으로 훅 당겼다. 혹시나 안 열릴까 불안했는데. 이번엔 쉽게 열렸다. 대신. '亞' 자 모양의 살대 짜임으로 만든 장지문이 나타났다.

'뭐야 이건?'

종민은 장지문을 양 옆으로 밀어 열었다. 그러자 그 다음 장지문이 버티고 서 있었다.

用. 井. 卍. 亞. 用. 井. 卍……

장지문을 열면 또 다른 장지문이 계속해서 나왔다. 열어도 열어도 밀려오는 파도처럼. 끝이 없었다. 어느덧. 종민의 이마에 송이처럼 맺힌 땀방울들이 관자놀이를 타고 떨어졌다. 그렇다고 포기할 순 없었다. 포기란 쓰디쓴 패배를 의미하니까.

"어서 나왓!"

소주잔에 달라붙은 마지막 한 방울을 혀끝으로 훑듯. 끝장을 봐야 했다.

[드르륵.]

문은 고분고분 열었으나. 허연 회벽이 코앞에 우뚝 솟아 있었다. 장지문의 행렬은 막을 내렸지만. 결과는 허무했다. 종민은 벽을 더듬어 만져 보았다. 차갑고 단단했다.

"이게 끝이야?"

그것으로 끝이었다. 괴탄했지만 어쩔 수 없었다. 한껏 열린 수십 개의 장지문을. 종민은 멍하니 바라만볼뿐이었다. 어릴 적 동네 친구들이 왕왕 놀려대던. '모지리 술래'가 떠올라서였을까. 시금털털한 타액의 맛이 목구멍 깊은 곳에서부터 느껴졌다. 상한 음식을 먹은 것 마냥. 뒷입맛이 꺼림칙했다.

[뎅그렁뎅그렁.]

처마 끝에 매달린 풍경 소리가 아득하게 들려왔다. 약속이라도 한 듯. 종민의 안경 렌즈에 서리가 하얗게 꼈다. 바로 앞도 제대로 보이지 않을 지경이었다. 손가락으로 마구 문질렀지만. 이내 안경은 다시 희뿌옇게 흐려졌다. 닦아내고 닦아내도. 성에꽃이 하얗게 피어났다.

[찌지지직…….]

멀쩡하던 오른쪽 안경 렌즈도 찡 갈라졌다. '퍼벅!' 하는 작은 폭발음이 이어졌다. 산산조각이 난 렌즈는 종민의 발 앞에 우박처럼 쏟아져 내렸다. '아차!' 하는 생각이 종민의 뇌리를 뚫고 지나갔다.

"이런 좆같은…… 함정이야!"

종민은 전속력으로 대청마루를 향해 뛰었다.

[탁! 탁! 탁! 탁! 탁! 탁!]

사나운 맹수에 쫓겨서 달아나는 기분이 이런 것일까. 열려 있던 장지문이 하나둘. 맹속력으로 닫히고 있었다. 덥석. 뜯어 먹기라도 할 것처럼.

얼떨떨했다.

종민은 겨우 정신을 차렸다. 얼마 동안 혼절해 있었던 것인가. 머리는 띵하고. 뱃멀미가 나는 것처럼 뱃속이 출렁거리는 것이. '살아 있음'을 알려 주었다.

"팔다리도 아직은 잘 붙어 있네."

머리가 얼떨떨한 가운데. 짐승의 발톱 같던 장지문도 눈에 보이지 않았다. 부끄럽게 혼절했을지라도. 탈출에는 성공한 듯 싶었다.

종민은 주위를 찬찬히 살펴보았다.

창도 문도 없는. 사면이 벽으로 꽁꽁 막힌 그곳. 오롯이 켜 있는 촛불만 나불나불 불춤을 추고 있었다.

"그런데 여긴 또 어디냐……."

자리에서 일어났다. 종민은 허여스름한 벽면을 손으로 더듬거리다. 어른어른 움직이는 무엇인가에 놀라서는.

"뭐야, 뭐야!"

제풀에 악을 써댔다.

'다리?'

삐죽삐죽한 털로 덮힌. 길고 가느다란 것이 꿈적거렸다. 종민의 몸집만한 나비의 다리였다.

"으악!"

벽에 철썩 붙은 거대 나비는 앞다리를 번쩍 들고는. 앞으로 홰홰 내저었다. 반갑다고 인사를 하는 것인지. 주먹 세례를 퍼부으려는 것인지. 알 수가 없었다.

"떨어져! 저리 가!"

종민은 사지를 벌렁대며 열심히 뒷걸음질을 쳤지만. 제자리였다. 아무리 바동거려 봤자. 앞으로도 뒤로도 나아가질 않았다.

그때였다.

난데없이. 나비의 불룩한 배가 주욱 찢어졌다. 터진 틈으로 드러난 둥그런 형체. 백지창처럼 희푸르게 질린 대가리이었다. 그것도 사람의 대가리.

"아악! 늙은이!"

종민의 고함 때문이었을까. 사방의 벽면이 말라붙은 논바닥처럼 쩍쩍 소리를 내며 쪼개지기 시작하더니. 커다란 나비들이 불쑥불쑥 불거져 나왔다. 어김없이 세로로 갈라진 나비들의 배. 낯선 얼굴들이 하나씩 박혀 있었다.

낭자하게 찢긴 채 시커멓게 변한 피부.

부질부질 끓어 나오는 게거품.

싯누런 토사물과 뒤섞여. 물컹하게 녹아내리는 그들의 안면을 타고 줄줄 흘렀다.

처참한 광경에. 욕지기가 치밀어 오른 종민은 손으로 입을 틀어막았다.

"우욱……!"

[투두둑.]

도 박사를 품은 나비가 뱉어낸. 동그란 뭉치가 휭 날아와 바닥에 떨어졌다. 종민은 공처럼 구겨진 종이를 펼쳤다. 대충 손으로 찢어 낸 신문지 조각이었다.

멸종 위기의 도뱀눈지옥나비 복제 성공

먼저 머리기사가 종민의 눈에 들어왔다. 그는 침침한 눈을 비비대며 기사를 읽기 시작했다.

> 화인 바이오 산하 도지용 박사 연구팀이 국내 최초로 도 뱀눈 지옥 나비 2마리를 복제하는 데 성공했다. 도 뱀눈 지옥 나비는 1959년 도지용 박사가 전라남도 지방에서 발견한 뱀눈 나비과로 주로 습하고 그늘진 곳에 분포하며, 썩은 과일이나 오물 등에 모여드는 것으로 알려져 있다. 연구팀은 앞으로 복제된 나비를 이용해 채소 과일의 염색체를 바꾸는 연구를 진행할 계획이라고 밝혔다. 채소 과일의 특정 유전자를 발현시킬 수 있는 바이러스를 주입한 복제 나비를 재배지에 방생해 작물이 병이나 가뭄 등에 내성을 갖도록 하는 기법이다. 따라서 연구팀은 바이러스에 의한 변이에 관한 연구 결과도 추후에 밝힐 예정이다.

'죽은 나비들이 파 놓은 무덤이었어……'

　다리에 힘이 풀린 종민은 자리에 풀썩 주저 앉았다. 종민의 벌어진 입에서 쌕쌕 날숨이 새어 나왔다.

　"그런데 날 왜 여기 가둔 거야? 내가 왜 갇혀야 하냐구! 난 도 박사가 아니야! 아니라구! 그러니까 날 꺼내 줘!"

　종민은 발광하며 부르짖었다.

　토리는 바닥에서 구르는 구슬을 손으로 잡더니. 요리조리 돌리며 샅샅이 들여다보았다. 입가에 만족의 웃음이 곰팡이처럼 돋아났다.

　"토 ― 리 ― 가 ― 악 ― 몽 ― 을 ― 삼 ― 켜 ― 버 ― 렸 ― 다 ―."

　토리는 구슬을 꼴깍 삼켰다.

minnim

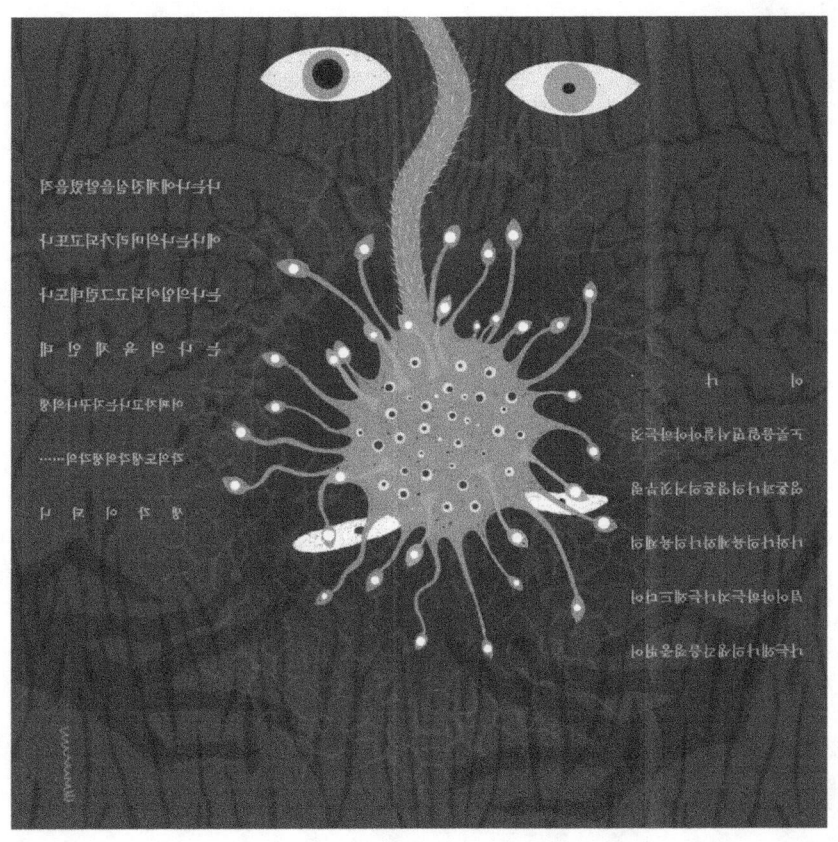

@min+nim

minnim

마지막 악몽

우리는

조마조마했다.

현준은 주변을 재빨리 둘러보았다. 다행히도. 최면에 걸린 종민의 기수면 상태를 눈치챈 사람은 없는 듯했다. 손님들은 대부분 취기가 올라 느슨한 모양새였다.

'불행 중 땡큐다. 네가 날 술집으로 불러내서.'

현준은 조마조마한 마음을 가까스로 눌렀다. 여전히 종민은 머리를 아래로 떨군 자세로 의자에 앉아 있었다. 현준은 시간을 확인했다. 서둘러야 했다. 밤새도록 최면술을 쓸 수는 없는 일이었다.

[톡. 톡. 톡. 톡.]

현준의 손가락이 재가동되었다. 변함없는 4분의 4박자였다.

"내 목소리가 들린다면 고양이처럼 울어."

"야옹. 야아 옹."

현준의 명령대로. 종민은 병든 고양이 소리를 냈다.

"잘했어. 닭처럼 울어 봐."

"꼬옥꼭꼭꼭꼭. 꼭꼬 댁 꼭꼭 꼭."

"좋아. 이번엔 나비처럼 울어."

종민은 울음소리는 내는 대신에. 고개를 꼿꼿이 쳐들더니 눈을 번쩍 떴다. 활짝 열린 그의 두 눈은 시뻘건 핏발이 어린 흰자위만 선연했다. 수면 마비가 진행되고 있다는 증거였다. 대번에 종민의 얼굴이 쭈글쭈글하게 틀어지기 시작했다. 마치 극심한 고통을 견딜 수 없는 것만 같은. 괴로운 표정이었다. 종민의 입 또한 아픔을 호소하듯. 우짖는 모양을 지었다. 그러나 이상하게도. 소리는 전혀 내지 않았다.

'저게 나비의 울음소리라고?'

현준은 주춤했다. 한동안 종민을 면밀히 관찰하던 현준은. "나에게 말해 봐. 나비가 우는 까닭을." 하고 물었다.

"으으음……"

종민은 미적거렸다.

"괜찮아. 나한테는 뭐든지 말할 수 있어."

"아파. 너무 아파."

별안간 여자 아이 목소리가 튀어나왔다. 토리의 음성이었다.

"어디가 아프니?"

현준은 나긋나긋한 어투로 물었다. 신속하고 유연했다.

"날개, 등, 배, 다리…… 모든 곳이 아파. 갈기갈기 찢기고 부러져서 너무 참기 힘들어."

"어쩌다 다친 거니?"

"다친 게 아니야! 날 잡아 가두고, 마디마디 자르고, 푹푹 찔러대고……. 그러다 죽여 버렸어. 돼먹지 않은 연구는 물론이고, 더러운 돈벌이에 써먹으려고 내 몸뚱이를 도륙했다고!"

똘똘 뭉쳐 있는 분노를 아직도 삭이지 못한 것 같았다.

"누구야? 널 그렇게 만든 사람이?"

"도……"

아이 목소리는 사그라지고. 굵은 저음의 남자 목소리가 비집고 나왔다.

"도?"

"도… 지… 용……."

'복잡하게 꼬였군.'

현준은 뒤엉킨 실타래를 어서 빨리 풀어야 할 생각에. 위기감마저 느꼈다. 전문 지식과 임상 경험에 의한 판단보다는. 냉정한 직관이 필요했다.

"그런데 어쩌지? 도 지용은 얼마 전에 죽었어."

"그 늙은 괴물을 삼켜 버린 게 바로 나야. 큼직한 사냥감을 산 채로 잡기 위해 그놈 옆에 붙어 있던 졸개들부터 야금야금 해치웠지. 큭큭 큭…… 맛은 없어도 배는 불러."

'곤충학자의 죄책감이 마침내 이런 식으로 낚인 거야? 뭐야?'

현준은 열심히 뇌를 쥐어짰다.

[톡. 톡. 톡. 톡.]

현준의 손가락도 움직임을 늦추지 않았다.

"종민이도 먹었어?"

"응."

토리의 음성이 재등장했다.

"어떻게?"

"간단해. 일단 꿈으로 유인하면 되걸랑."

"꿈?"

"굉장히 기분 나쁜 꿈을 꾸게 만들어. 그러다 직접 찾아가서 악몽을 아구아구 먹어 주는 거야. 거지 같은 맛이라도 꾸역꾸역 다. 친절하지? 그런데 그게 미끼이거든. 룰루랄라 방심하는 틈에 날름 먹어 치울 수 있어야 하니까. 한입에 모조리 남김없이."

'이게 무슨 개 짖는 소리야?'

현준은 집중력을 잃지 않으려고 애를 썼다.

"먹는 과정을 설명해 줄 수 있어?"

"구슬에 가둔 후 삼켜 버리는 거야."

"잘 이해가 안 되는데……. 더 자세하게 말을 해 줄 수 있을까?"

"그건 안돼. 비밀이야."

키들거리는 토리의 웃음소리가 뒤따랐다.

"……그래서 얻는 게 뭐니?"

"별 거 없어. 단지 우리를 망가뜨린 짓거리에 합당한 대가를 지불한다고나 할까?"

'우리?'

담판을 짓지 못할 상황이 빠르게 전개되고 있었다. 현준의 손가락이 허둥대기 시작했다.

[톡. 톡. 톡. 톡. 톡. 톡.]

"그런데 종민이는 상관없는 사람이잖아. 성실한 간병인이었을 뿐이었어. 안 그래?"

"덫을 놓으려면 어쩔 수 없어. 그래야 그 미치광이 도 지용을 올가미에 가둘 수 있으니까. 미약한 아들놈은 실패였지만, 이번엔 성공이야."

현준은 머리가 지끈거렸다. 인기 TV 프로그램인 〈풀리지 않는 미스터리〉의 엽기적인 내용들을 훌쩍 뛰어넘는. 당돌한 주장을 마주해야 하는 현실을 저주했다.

"좀 더 구체적으로 밝혀 줄 수 있을까?"

"부패한 영혼을 달고 있어서 그런지, 그 늙은이는 꿈을 전혀 안 꾸거든. 그래서 그놈을 불러들일 수 있는 인물, 즉 매개체가 필요했어. 황홀한 꿈의 세계로. 거기선 우리 모두 만날 수 있거든. 그런데 그 쓰레기 같은 괴물이 영영 없어지면 다 도로아미타불이니까…… 완전히 죽기 전에 빨랑 해치워야 했어."

"완전히 죽기 전…… 까지라는 게 무슨 뜻이지?"

"기억 속에서 사라지기 전까지라고 말해 둘게."

"그래서 임무 완수는 한 거니?"

"응!"

"잘 됐네. 그럼 종민이는 언제 돌아올 수 있는 거지?"

"못 가. 앞으로 우리랑 놀아야 해. 가면 놀이하면서. 으흐흐흐흐흐흐……."

종민의 입에서 능글맞은 웃음소리가 튀어나왔다. 토리도 아니고. 두 번째 사내도 아닌. 제3의 음성이었다.

"가면놀이는 왜 하는 거지?"

"그들을 우리의 세계로 쉽게 소환하기 위해서."

"그들이 누군지 말해 줘."

"우리의 생존을 위협하는 악랄한 자들이라고 할 수 있지."

현준은 시간이 얼마 남지 않았다는 것을 간파했다.

'그래…… 후련하게 벗겨 줄게. 각시탈이든, 무도회장 가면이든, 썩은 인두겁이든…….'

드디어 마무리를 해야 할 단계. 테이블을 두드리던 현준의 손가락이 갑자기 멎었다.

"마늘쫑, 뒈엇!"

현준은 벼락 같이 외치며 자리에서 벌떡 일어나서. 종민의 양팔을 잡고 앞으로 쑥 당겼다. 그리고 쏜살같이 달려가 테이블 앞으로 꼬꾸라지는 종민을 얼싸안았다. 매우 날렵한 동작이었다.

"응급 환자입니다! 구급차를 불러주세요!"

현준이 크게 소리쳤다.

와인바는 삽시간에 술렁거렸다. 현준은 종업원의 도움을 받아. 흐느적대는 종민을 바닥에 눕혔다.

"고맙습니다. 소란을 피워서 죄송해요. 이제부터 의사인 제가 알아서 할게요."

현준은 얼쩡대는 종업원에게 조용히 말했다. 종업원이 사라지자 현준은 몸을 깊게 숙이고는.

"마늘쫑! 어서 나왓! 빨리!"

종민의 귀에 대고 낮게 으르렁댔다.

얼마 지나지 않아. 종민이 가슴을 들썩이며 쿨럭댔다. 현준은 손바닥으로 종민의 뺨을 가볍게 쳤다.

"얌마, 말로 할 때 눈 뜨자."

알아들은 것인지. 이내 종민의 속눈썹이 파들거렸다. 종민은 부스스 눈을 떴다.

"정신이 드냐?"

현준의 오이 얼굴.

지워진 립스틱.

검붉은 치아.

종민은 희미한 미소를 입가에 머금었다.

열심이었다.

"그러니까 착하게 살아야 해. 연구도 연구 나름이지. 기본 윤리 의식이란 게 없어."

현준은 시키지도 않은 일장 연설에. 감탄스러울 만큼 열심이었다. 그러다.

"썩어 문드러질 개자식들!"

결국에는 쌍욕으로 끝맺음을 했다. 현준은 어느새 말끔하게 비워진 소주잔에 술을 채웠다.

"또 불면증 찾아오거나, 이상한 꿈 꾸고 그러면 재깍재깍 이 누님께 전해라."

"지금 좀 의사 같다?"

"좀이 아니라 태생이 의사다. 소꿉놀이할 때부터 난 의사, 넌 환자! 기억 안 나냐?"

"그나저나……"

종민은 꾸무럭 대던 손가락으로 허벅지를 긁적이며.

"최면술…… 너 진짜 대단하다."

"대단까지야. 무의식의 상태에서 직접적인 소통만 잘 되면 결과는 무궁무진해."

"영원히 못 빠져나올 줄 알았는데."

허벅지를 긁는 종민의 손가락이 한결 바빠졌다.

"말도 마. 나 제대로 긴장했잖아. 중간에 찔끔 지릴 뻔!"

"그야말로 장관이었을 텐데……."

종민은 장난스럽게 얼버무렸다.

"이 놈 봐라? 물에 빠져 구해 주니 보따리 내놓으라고 협박하는 놈보다 더 나쁜 쉬키인데?"

현준은 목젖이 보일 정도로 깔깔거렸다.

"그러니까 엉뚱한 데 쏘다니지 말고 딱 붙어 있으란 말라고, 이 자식아. 아무튼…… 축 귀환!"

현준은 술잔을 들며 "짠!" 하고 외쳤다. 종민은 박박 긁어대던 손가락을 오그려 접고는.

"야 생각만 해도 끔찍하다!"

둘러대듯이 손사래를 활활 쳤다. 은밀하고도 민첩했다.

"맞아. 넌 어쩜 묘사를 그리 생생하게 잘하냐? 꼭 내 눈으로 본 것 같다. 대충 초성만 짚어도 지옥이던데?"

"……."

고개를 끄덕끄덕하던 종민은 말없이 술을 들이켰다.

"이것만 마시고 일어나자."

현준은 실실거리며. 방울방울 떨어지는 술까지 탈탈 털어 두 잔에 정확한 양으로 부었다.

"2차 어디로 갈래? 야, 올만에 묵은 수아 얼굴이나 볼까?"

단숨에 잔을 비운 현준이 물었다. 종민은 벌건 현준의 얼굴을 물끄러미 쳐다보았다.

"어우, 무서워. 그렇다고 뭘 그리 빤히 갈구냐? 너희 그렇게 끝내고 서로 생사 여부도 모르잖아."

종민은 머뭇머뭇.

"그래, 그럼."

마지못해 대꾸했다.

'뜸 들이기는. 좋으면서!'

현준은 꾸물대며 망설이는 종민을 향해. 냉소를 픽 날렸다.

"현준아, 나 잠깐 화장실."

종민은 굼뜬 동작으로 일어섰다. 그 순간 현준의 얼굴은 잿빛으로 물들었다. 그야말로 푹석 썩은 오이였다. 넋이라도 잃은 듯. 현준은 식당 주방 옆 통로로 걸어가는 종민의 뒷모습만 망연히 지켜보았다.

현준의 얄따란 입술이 떨리다 못해 곧추섰다. 덜덜거리는 이 사이로 숨죽인 흐느낌이 가냘프게 새어 나왔다. 이윽고 시든 오이의 외마디 비명이 길게 울려 퍼졌다.

minnim

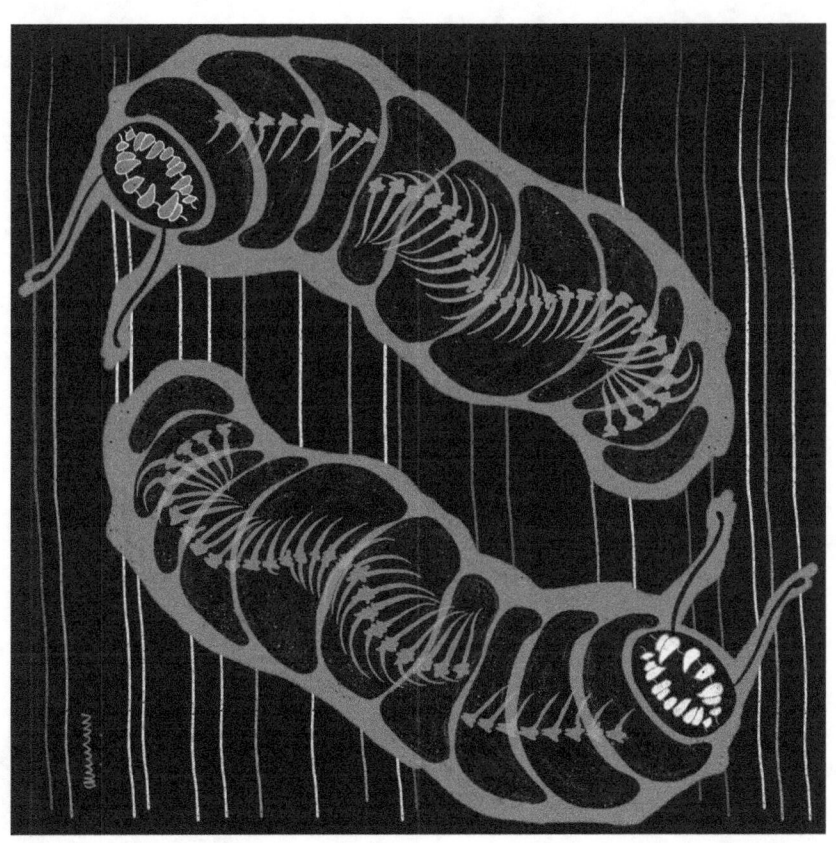

@min+nim

minnim

악몽 끝

작가의 말

긴 꿈길과도 같았습니다. 발이 퍽퍽 빠지는 진흙탕 위를 허우적대는 기분 묘한 꿈 말입니다. 빗물에 흠뻑 젖은 땅이라 매우 미끄러웠지만 때론 나 몰라라 두 눈 질끈 감고 슬라이딩하는 맛이 재미있기도 했습니다.

삼십 년 외국 생활로 인해 물렁물렁해진 한국어 능력치를 소설을 쓸 수 있는 수준으로 끌어올리겠다는 결심 자체가 불길한 꿈의 시작이었을지도 모르겠습니다. 하지만 꿈에서 깨어 보니 소설 한 편이 완성되어 있었습니다.

앞으로 길몽만 꿀 수 있을 것이라고 생각하지 않습니다. 지루한 악몽이 지나가고 또 다른 악몽이 기다리고 있을 수도 있습니다. 마치 넘실거리는 물너울 같다고 할까요. 다만 이젠 어떤 무서운 꿈도 두렵지 않은 담대한 심장을 가지게 되었기에 이 순간만은 행복합니다.

당분간 한국어로만 소설을 쓸 계획입니다. 자가 영어 번역 본 작업을 고려해 보지 않은 것은 아닙니다. 하지만 한국어로만 생각하고 고민했던 그 감정들을 그대로 영어로 옮기기란 불가능하다는 결론에 이르렀습니다(고유의 언어가 담고 있는 느낌의 차이점을 극명하게 깨달았습니다). 만약 옮긴이 역할을 자청하시는 분이 나타나신다면 뜨겁게 환영하겠습니다.

2022년 어느 날

민님